身为母亲，
我早已尽了心血。
在未来的风霜雨露里，
我相信《白玉苦瓜》能够照顾自己。

白玉苦瓜

余光中

中国出版集团
中译出版社

图书在版编目（CIP）数据

白玉苦瓜 / 余光中著. -- 北京：中译出版社，2022.2
ISBN 978-7-5001-6790-7
Ⅰ.①白… Ⅱ.①余… Ⅲ.①诗集－中国－当代 Ⅳ.①I227
中国版本图书馆CIP数据核字（2021）第241618号

本书由台北九歌出版社有限公司授权出版，经北京时代墨客文化传媒有限公司代理
版权登记号：01-2021-5021

白玉苦瓜
Bai Yu Ku Gua
余光中 著

出版发行：中译出版社
地址：北京市西城区新街口外大街28号普天德胜大厦主楼4层
电话：（010）68359376；68359827（发行部）；68002926（编辑部）
邮编：100044
电子邮箱：book@ctph.com.cn
网址：http://www.ctph.com.cn

责任编辑：温晓芳 / 助理编辑：江林芮 / 校对编辑：黄少伟
封面设计：尚燕平 / 内文排版：周立峰
印刷：北京中科印刷有限公司
经销：新华书店

规格：787毫米×1092毫米 1/32
印张：6.125 字数：65千字
版次：2022年3月第1版 印次：2022年3月第1次
ISBN：978-7-5001-6790-7
定价：59.00元

中译出版社

目录

成果而甘

——九歌最新版序

《白玉苦瓜》是我的第十本诗集，初版写于一九七四年，也就是三十四年前，正当我的盛年，可称为我的代表作。生命走到这一站，诗艺探到这一层，我自觉已达成熟的稳境，以后无论怎么发展，自信已有相当的把握。这些作品都写于我赴港定居之前，对于我以前的诗集可以算一个结论：

一首诗，曾经是瓜而苦
被永恒引渡，成果而甘

当年决定去香港，多少有一点冒险：环境变了很多，挑战当然不少，好在生命正旺，诗兴不竭，不久也就进入了状态，找到了新的坐标，在大陆与岛屿之间定了位。

《白玉苦瓜》里的五十多首诗，主题与诗体相当多元，其中有好多首格律工整，语言单纯，有意无意之间近乎歌词，颇受我在丹佛那两年爱听美国民谣与摇滚乐的启发。当时我发现，现代诗主知多年，太冷了，怎么能比摇滚乐的热力，所以就半自觉地写下了从《乡愁》《乡愁四韵》《民歌》到《江湖上》《民歌手》《摇摇民谣》的系列作品，结果竟引起了戴洪轩[1]、杨弦[2]、李泰祥[3]等音乐家的共鸣，并转而激发了所谓现代民歌与校园歌曲的运动。

诗与音乐结婚，乃生歌；与绘画相恋，乃有意象与比喻。纪弦[4]当年大声疾呼，强调诗是诗，歌是歌，两者必须分家。他强调现代诗该用散文来写，当时的用意原在挽救新月派单调而浅显的“韵文化”，有其文学史发展的背景，无可厚非。但是当年“自由诗”对“格律诗”的反动不免矫枉过正，所以一面虽然跳出了“韵文化”，另一面却又陷入了“散文化”。其结果是迷途至今，大半的所谓“自由诗”不幸都摆脱不了“散文化”，不但读来无味，在朗诵会上也欠缺效果。今日的现代诗丧失读者，尤其是听众，这也是一大原因。现代诗要成功，在诗艺上必须兼顾情与意。意，见于主题的呈现；而情，则有赖感性的诉求，也就是音调与意象的经营加文配。目前的现代诗仍耽于铺张意象而疏于安排音调，结果是意象庞杂，节奏散漫，主题不清。

当年杨弦、李泰祥发轫于先，罗大佑、侯德健[5]发扬于后，其他的作曲家与歌手风起云涌，颇能扩充现代诗的领域，其余韵袅袅迄今。近年我在台湾各地演讲，仍然有中年听众告诉我，他们没有忘记李泰祥与杨弦的歌曲。上月我应黄敏惠市长之请去嘉义访问，她的晚宴别出心裁，设在一家叫“玩美煮艺”的餐馆，席上的八道菜都以我的诗命名，内容也巧妙地配合诗意。例如“乡愁四韵”就用分成四格的别致浅盘来盛，而“白玉苦瓜”更广求苦搜，用有机农场的清纯苦瓜，剖成两半，填以米饭烤成。黄市长为了证明她当年不但读过我的诗，而且至今还记得如何吟唱，席间真的就唱了起来，令我十分感动。

《乡愁》《乡愁四韵》《民歌》几首，多年来引起广泛的共鸣，并一再收入各种选集与中国、新加坡的语文课本。《乡愁》一首在各地转载之频，不下千次。我到各地讲学，常有学生、歌手或演员登台朗诵或演唱。

为此诗作曲者，包括杨弦、王洛宾、沈亚威[6]、郑文德[7]等，不止十人。上海的吕咏鸣[8]将它谱成苏州评弹，并获颁二〇〇四年的“中国曲艺牡丹奖”。南京的晁岱健[9]为之谱曲，今年一月更在北京保利剧院盛大发表，由男高音戴玉强、二胡王行科、萨克斯风范圣琦、钢琴神童龚天鹏分别领着中国歌剧舞剧交响乐团演出。我常笑说，《乡愁》流传之广，简直成了我的名片，但是名片太大了，几乎把我遮住了。

大陆的媒体常称我为“乡愁诗人”，这名号原是褒词，却“小看”了我。迄今我已成诗千首，其中以乡情与怀古为主题者不下百首，但是咏叹其他主题，如亲情、友情、爱情、人物、咏物、自述、世局、造化等等的，还有很多。就算我一首乡愁之作都没有写过，我仍然算得上多产、多元的诗人吧。

譬如本书的主题诗《白玉苦瓜》，说它写的是乡愁固然不错，但它同时也是一首咏物诗。又如《飞将军》，写的是李广，可称怀古，也可称咏史，但它挑动的一根心弦却是整个民族的大记忆，隐隐仍是时间的乡愁。又如《老战士》，正面写的虽是晚近的历史，但《八卦》里面所写的就复杂得多，似乎包含了远古与晚近，又像在回忆，又像在预言，又像在用玄学的自然现象来影射人事。

另一方面，因台湾而触发的主题也包括了《车过枋寮》《慈云寺俯眺台北》《起飞》《降落》《西出阳关》《断奶》《虎年》《雾社》《碧湖》等几首。至于《江湖上》《小时候》《莲花落》《收藏家》《海棠文身》《积木》《盲丐》《呼唤》《楼头》《守夜人》《投胎》《诗人》等作，则是向一具多面体的水晶寻找自我定位与心灵归宿的诸般投影了。

最后，对于三十四年前出版此书的姚宜瑛女士，仍应深深致谢。《白玉苦瓜》在台湾的大地出版社已印了十九版。隔了这么多年，诗人与出版人都老了，但那只白玉苦瓜仍静静地梦着，醒着，在故宫博物院（台北）里。世界在外面变了太多，但那只苦瓜应仍不改其甘吧。

余光中　二〇〇八年三月

诗的胜利

——一九七四年大地版初版序

从前有一个小小孩，出生在一块大大陆，头上戴的是高高的天，祖先祈祷时仰望的天，脚下踩的是厚厚的土，祖先血汗灌溉的土。但是小小孩并不满足，他每天怔怔看外国地图，津津有味地，咀嚼那些奇异的名字，心想哪一天才能走出生他的天地，异乡异国任他去遨游。

一晃就是三十年。小小孩变成了中年人，时间，是最好的化妆师，心犹热，霜发已冷冷。三十功名尘与土，八千里路云和月。走出那一块大大陆，走破几双浪子的鞋子，异乡异国，走来走去，绕多少空空洞洞的圈子？再回头，那一块大大陆可记得从前那小小孩，春，夏，秋，冬，他曾经俯仰于其中？家，真的是一座围城，里面的人想出来，外面的人想进去？还是少年想出来，中年想回去？

究竟是什么在召唤中年人呢？小小孩的记忆，三十年前，后土之宽厚与博大，长江之滚滚千里而长，巨者如是，固长在胸臆；细者即如井边的一声蟋蟀、阶下的一叶红枫，于今忆及，亦莫不历历皆在心头。不过中年人的乡思与孺慕，不仅是空间的，也是时间的；不仅是那一块大大陆的母体，也是，甚且更是，那上面发生过的一切。土地的意义，因历史而更形丰富。湖北，只是一省；而楚，便是一部历史、一个梦、一首歌了。整块大大陆，是一座露天的巨大博物馆，一座人去台空的戏台，角色虽已散尽，余音袅袅，气氛仍然令今人低回。

人是这样，笔也是这样。少年时代，笔尖所沾，不是希颇克灵的余波，便是泰晤士的河水，所酿也无非一八四二的葡萄酒。到了中年，忧患伤心，感慨始深，那支笔才懂得伸回去，伸回那块大大陆，去沾汨罗的悲涛、易水的寒波，去歌楚臣、哀汉将，隔着千年，跟古代最敏感的心灵——陈子昂在幽州台上抬一抬杠。怀古咏史，原是中国古典诗的一大主题。在这类诗中，整个民族的记忆，等于在对镜自鉴。这样子的历史感，是现代诗重认传统的途径之一。现代诗的三度空间，或许便是纵的历史感、横的地域感，加上纵横相交而成十字路口的现实感吧。不肯进入民族特有的时空，便泛泛然要“超越时空”，只是一种逃避。以往的现代诗，太像抽象画了。

《白玉苦瓜》容纳我四年来的作品五十多篇，是我的第十本诗集。除了前面的六篇是在美国写成，其余的都是三年前回国后的作品。书以“白玉苦瓜”为名，也许是因为这一首诗比较接近前面所悬“三度空间”的期望吧。故宫博物院（台北）珍藏的白玉苦瓜，滑不留指的莹白玉肌下，隐隐然透现一片浅绿的光泽，是我最喜欢的玉品之一。我当然也叹赏鬼斧神工的翠玉白菜和青玉莲藕之类，但是以言象征的含义仍以白玉苦瓜最富。瓜而曰苦，正象征生命的现实。神匠当日临摹的那只苦瓜、像所有的苦瓜，所有的生命一样，终必枯朽，但是经过了白玉也就是艺术的转化，假的苦瓜不仅延续了也更提升了真苦瓜的生命。生命的苦瓜成了艺术的正果，这便是诗的意义。短暂而容易受伤的，在一首歌里，变成恒久而不可侵犯的，这便是诗的胜利。

一九七四年诗人节[1]前夕

余光中

破除现代诗没有读者的谣言

——一九七四年大地版三版序

《白玉苦瓜》初版于去年七月，迄今十三个月，即将三版面世，作者颇感欣慰。“现代诗没有读者”这谣言，想来甚是可笑。

一本书出版后，立刻面对两项考验。第一项是市场，以量取胜。第二项是批评，以质为准。到了这时，名义上这本书仍属于作者，但是自身的命运，已不是作者所能控制的了。《白玉苦瓜》出版之后，不但台港两地有评多篇，香港出现了海盗版[1]，而且直接、间接还催生了一场民谣演唱会，现在又正准备三版，上述两项考验似乎勉可通过。这本书，先天的禀赋来自作者，后天的养育则有赖出版人姚宜瑛女士。再版、三版，出版人当然“与有功焉”。

第三版的《白玉苦瓜》，是名副其实的新版。本书初版是在去年七月，我去香港中文大学教书则在去年八月底，其间我曾去雾社山上主持“复兴文艺营”。该地原为四十六年前山胞抗日壮烈事件[2]的遗址，于今烈士碑前、英雄坊下，忠魂义魄，犹令人低回不能自已。三版增列的这两首《雾社》与《碧湖》，正是当日感奋之作，算是有诗为证吧。

一九七五年八月于台北

余光中

杜甫有折旧率吗？

——一九八三年大地版十版序

《白玉苦瓜》出版迄今不到九年，即将十版，出版人姚宜瑛女士要我发表一点感想。

安迪·沃霍尔[1]说，在大众传播的现代社会，每人轮流出名五分钟。流行的东西有一个共同的致命伤，就是既快又高的折旧率。诗，从来不是什么流行的东西，所以也没有什么折旧率的问题。对于屈原或杜甫，折旧率似乎毫无作用。

《白玉苦瓜》快要十岁了，这孩子身体好像不错。平均一年一版，表示读者对他相当照顾。销路当然不是健康的唯一标准，幸喜诗选家、诗评家、作曲家等等对他也不算冷淡。即以“入乐”一项而言，先后把这些作品谱曲甚至出唱片的，就有戴洪轩、杨弦、李泰祥、罗大佑、张炫文、郑华娟等几位先生。这也可说相当“小众化”了。对这些小众，我很感谢。

十版以后，甚至二十世纪以后，又如何呢？身为母亲，我早已尽了心血。在未来的风霜雨露里，我相信《白玉苦瓜》能够照顾自己。

一九八三年一月于沙田

江湖上[1]

一双鞋，能踢几条街？
一双脚，能换几次鞋？
一口气，咽得下几座城？
一辈子，闯几次红灯？
　　答案啊答案
　　在茫茫的风里

一双眼，能燃烧到几岁？
一张嘴，吻多少次酒杯？
一头发，能抵抗几把梳子？
一颗心，能年轻几回？

答案啊答案

在茫茫的风里

为什么，信总在云上飞？

为什么，车票在手里？

为什么，噩梦在枕头下？

为什么，抱你的是大衣？

答案啊答案

在茫茫的风里

一片大陆，算不算你的国？

一个岛，算不算你的家？

一眨眼，算不算少年？

一辈子，算不算永远？

　　答案啊答案

　　在茫茫的风里

一九七〇年一月十六日于丹佛

白霏霏

温柔的雪啊你什么也不肯说
嘤嘤婉婉谜样的叮咛
向右耳，向左耳
那样轻的手掌温柔的雪啊
那样小的唇

如果仰面，就有一千个吻
落在我脸上，美丽的痒
你该叫白霏霏温柔的雪啊
只有女友有那样白的嘴唇
那样白的手

一开就落，那是什么样的树？
一吻就失踪，什么样的嘴唇？
一抖就放手，什么样的手？
什么样的洁癖温柔的雪啊
一践就死亡？

在爱斯基摩的冰圆顶下
仰脸，举臂，像一个孩子
且张开馋了好久好久的嘴唇
只为舔一舔温柔的雪啊
小时的记忆

一九七〇年一月二十六日于丹佛

余光中

小时候

小时候，在大陆，在母亲的怀里
暖烘烘的棉衣，更暖，更暖的母体
看外面的雪地上，边走边嗅
寻寻觅觅，有一只黄狗
重重合上黑皮金字的《旧约》，她说：
“犹太人亡国已经两千年
犹太人吹散在世界各地
脚下，不是犹太人的土
头顶，不是犹太人的树
整个民族，就睡在雨里，风里
在夜夜哭醒的回国梦里

有一个家——是幸福的”

母亲，她死了已不止十年
以色列人已回去以色列
现在是我在外面的雪地上
就我一人，在另一个大陆
零乱的脚印走不出方向
仰天，仰天
欲发狼嚎的一匹狂犬
小时候，在大陆……

一九七〇年二月于丹佛

莲花落

我想在我们这一代，最后
该有个乞丐从冷魇中醒来
挥起他的打狗棒
牙印斑斑的打狗棒
猛敲猛捶昏黄的月亮
把月亮敲成半缺的铜锣
把一条街的叫花子全吵醒
几十根打狗棒围打月亮
把月亮敲成一面战鼓
激昂的鼓声升起，升起
把月亮升成一面战旗

高于一切的犬吠、鬼哭
鼾声，一切失眠的诉苦
在长于历史的，那一夜里

一九七〇年二月七日于丹佛

蒙特瑞半岛

到此，半岛便探入汪汪的蓝
一片松涛，三面海啸
桀厉的老鸦，似怒，似笑
茫茫的静，静静的喧嚣

这是大陆的手指，指向未知
向鱼向龙向灯塔
向船向岛向晚霞
风说的似乎还不止这些

枝柯盘错，成黑锈的青铜

而犹欲探臂下攫
攫林中之石、石上之我
乌衣巫的老鸦，在作法，磔磔

松林之外，是海豹、海鸥
鸥外，豹外，是空空的海
空空的蓝水晶球空空地浮
大哉太平洋，日球，与月球

那一边，该是花莲的峭壁、宜兰
更远是厦门、钱塘、江南
在水球，在日球、月球之外
空空的祖国啊茫茫地转

一九七〇年三月于加州

余光中

落基大山

一只花栗鼠都不许越出
七十三峰，深深将冰宫锁闭
朝见落基，地载不下的
就堆上天去，夕见落基
逼人磅磅礴礴难呼吸
苍苍绝处是皑皑
仰也仰不尽的雪峰，仰上去
吐雾，吞云，吹雨
寒武纪参冷冷的天机
十里风翻松涛
隐隐，听万壑呼应的嘘息

山中一寐世上是千年
想此番下山
更无人能将我觑识

看月来月去
悠悠一串转念珠
念山外是海，海上是孤岛
岛外茫茫是一望大陆
未归有人在落基高处
看日起日落，把朝朝
看成了暮暮

山中忽忽怎么已两载
山外，而今是什么朝代？

来时怎么山是山，云是云

而今坐是老僧，行是翩翩的鹤群

重九日，从此处下山

走向一个劫后的世界

牛羊死了一地

一九七一年六月六日于丹佛

一九七四年六月修正于台北

歌赠汤姆

詹姆斯·迪恩[1]是对的
不到三十
就应该自杀
或者是交通失事

放一把火吧，汤姆·琼斯[2]
烧掉你的卷发
烧掉你整队的跑车
游艇，和彩色电视
烧掉伦敦和拉斯维加斯

汤姆·琼斯，我的好孩子

威尔士来的，应该回威尔士

唱

为黑脸黑肺的村民

你的背后

威尔士的海

摇一把电吉他伴奏

一九七一年八月二十二日

调叶珊[1]

死后三年
切勿召朋呼友
上我的墓来诵诗、饮酒
小便后，对月光一股劲儿发抖
说鬼，谈狐，讲低级的笑话
耳根辣辣地
把花生壳撒得我一头
最后大家静下来
蟋蟀哀哀的清歌中
忽然有谁说：
“喂，我说余光中那小子

去了那里头

该再也写不出诗来了吧！”

切勿切勿

就在你背后

冷沁沁地

一个死不服气的鬼，咦，怎么

竖起

一九七一年八月三十一日

当我年老

当我年老，高峻的额头
就响起星斗
将我蛀穿的声音
那样恐怖的清醒
此外整个世界都十分沉寂
咳一声嗽
满城都空洞有回音
震落纷纷的灰尘和蜘蛛
和一只太阳，满结蛛网
等月亮也落下来
我便捧住

和着凉凉的潮水吞下

一丸安眠药那样仁慈

然后睡去

一九七一年八月二十八日

收藏家

小时候
他收集蝴蝶和风筝
和春天其他的一些标本
但那些华丽的翅膀
而且脆弱
一吹就断了

高三起
他收集车票和戏票
——全撕了角
为了一种瘟病叫恋爱

可终于收集不到

那女孩

然然他收集自己的美名

听众的掌声

读者的信

几捆以后已经很疲劳

一把高额的冥钞

那样子握着

四十岁以后他不再收集什么

除了每晚带一沓名片

一沓苍白难记的脸

回去喂一根愤怒的火柴

看余烬里窜走

一只蟑螂

一九七一年八月二十四日

鹤嘴锄

吾爱哎吾爱
地下水为什么愈探愈深？
你的幽邃究竟
有什么样的珍藏
诱我这么奋力地开矿？
肌腱勃勃然，汗油闪闪
鹤嘴锄
在原始的夜里一起一落

原是从同样的洞穴里
我当初爬出去
那是，另一个女体
为了给我光，她剖开自己

而我竟不能给她光
当更黑的一个矿
关闭一切的一个矿
将她关闭

就这么一锄一锄锄回去
锄回一切的起源
溯着潮潮湿湿的记忆
让地下水将我们淹毙
让矿穴天崩地摧塌下来
温柔的夜
将我们一起埋葬
吾爱哎吾爱

一九七一年八月二十五日

余光中

八　卦

暮色中

那牯岭街的盲叟说

一个铜板卜一个卦

天已经很老，很澹，也很聋

那些世袭的星座

怎么把那张脸蛀得那样子空？

没有仙人不穷

没有仙人乘得起黄鹤

天已经很晚很晚很晚了啊

昆仑山上

有人，向一只巨耳嘶喊

地也是一样，愈陷就愈深
如果这辽阔是我们的摇篮
那么手，你究竟要摇睡
或是摇醒？　　睡眠
太昏沉，魇呼叫不断千年的鼾声
后稷到现在，这土地
一次春天吸一次奶
老摇篮摇得出多少婴孩？

有些山猛站起来像要攫天
才扑到雪线上
就迷了路，兽蹄愈走愈稀

苦寒不耐的猎人
把神话就留给那一片皑皑
星宿海星宿海
剖一道新的水源，喂我们
我们口渴，剖，剖新的神话！

曾经，遍地是江湖、沼泽，水
滔滔而来，滚滚而去
潮退后，河流也改道
仍有那许多渔翁
守定干陷的老河床畔
候鱼，候船，候上游的融雪
不听黄河在远方说
我到那里，岸，就到那里

不但河流改道，风也要改向
如果到了秋天
如果从西面来
难道就不够飒飒爽爽？
为了大气要深呼吸，为了旗
要飞，波波浪浪要掀起
迟到的风你就来吧
一切在等你你在等谁？

风卷不掉的就交给火
去烧个干净
那毒舌的怪兽呼啸
最壮丽最最健康的死亡
降者降，升者上升

黑重的还给地，澈澈清清的
还给高空，这就是葬礼
所谓革命，向来从南方亮起

于是凉凉的雨新新的雨
落在龟裂的地图上落着雨
就仰起我们的脸来承接
为了小孩那样的渴望
雨下在长城的雉堞上
在基隆港，在灰色的瓦上
雨是古老的歌仁慈的吻
雨是轻轻的嘴唇亲谁的嘴唇

雨是预言里的雨

预言是山上的预言

天已经不早了，有人在呼叫

河对面山背后是谁在呼救？

风怎么还不来，火，火怎么还不？

死寂中，干燥而空

紧绷成一张鼓啊的地面在等待

下来吧，第一声雷！

一九七一年八月十二日草稿

一九七二年五月二十五日写定

民歌手

给我一张铿铿的吉他
一肩风里飘飘的长发
给我，一个回不去的家
一个远远的记忆叫从前
我是一个民歌手
给我的狗
给它一块小铜钱

江湖上来的，该走回江湖
走回青蛙和草和泥土
走回当初生我的土地

我的父，我的母
给我的狗
给他一根肉骨头
我是一个民歌手

风到何处，歌就吹到何处
路有多长，歌就有多长
草鞋就有多长，河水多清凉
从下游到上游
我是一个民歌手
岁月牵得多长
歌啊歌就牵得多长

多少靴子在路上、街上

多少额头在风里、雨里
多少眼睛因瞭望而受伤
我是一个民歌手
我的歌
我凉凉的歌是一帖药
敷在多少伤口上

推开门，推开小客栈的门
一个新酿的黎明我走进
一个黎明，芬芳如《诗经》
茫茫的雾晶晶的露
一个新的世界我走进
一边唱，一边走
我是一个民歌手

民　歌

传说北方有一首民歌
只有黄河的肺活量能歌唱
从青海到黄海
　风　也听见
　沙　也听见

如果黄河冻成了冰河
还有长江最最母性的鼻音
从高原到平原
　鱼　也听见
　龙　也听见

如果长江冻成了冰河

还有我，还有我的红海在呼啸

从早潮到晚潮

醒　也听见

梦　也听见

有一天我的血也结冰

还有你的血他的血在合唱

从A型到O型

哭　也听见

笑　也听见

一九七一年十二月十八日

海棠文身

一向忘了左胸口有一小块伤痕
为什么会在那里，是刀
挑的，还是剑
削的，还是谁温柔的唇
不温柔的诅咒所吻？
直到晚年
心脏发痛的那天
从镜中的裸身他发现
那块疤，那块疤已长大
谁当胸一掌的手印
一只血蟹，一张海棠文身

那扭曲变貌的图形他惊视

那海棠

究竟是外伤

还是内伤

再也分不清

一九七一年十二月十八日

车过枋寮

雨落在屏东的甘蔗田里
甜甜的甘蔗甜甜的雨
肥肥的甘蔗肥肥的田
雨落在屏东肥肥的田里
从此地到山麓
一大幅平原举起
多少甘蔗，多少甘美的希冀
长途车驶过青青的平原
检阅牧神青青的仪队
想牧神，多毛又多须
在哪一株甘蔗下午睡

雨落在屏东的西瓜田里
甜甜的西瓜甜甜的雨
肥肥的西瓜肥肥的田
雨落在屏东肥肥的田里
从此地到海岸
一大张河床孵出
多少西瓜，多少圆浑的希望
长途车驶过累累的河床
检阅牧神累累的宝库
想牧神，多血又多子
究竟坐在哪一只瓜上

雨落在屏东的香蕉田里
甜甜的香蕉甜甜的雨
肥肥的香蕉肥肥的田
雨落在屏东肥肥的田里
雨是一首湿湿的牧歌
路是一把瘦瘦的牧笛
吹十里五里的阡阡陌陌
雨落在屏东的香蕉田里
胖胖的香蕉肥肥的雨
长途车驶不出牧神的辖区
路是一把长长的牧笛

正说屏东是最甜的县
屏东是方糖砌成的城

忽然一个右转，最咸最咸

劈面扑过来

那海

一九七二年一月三日于垦丁

山　雨

雾愈聚愈浓就浓成了阵雨
人愈走愈深就走进米南宫[1]里
路愈转愈暗就暗下来吧黄昏
墨点点墨点成的墨景
更多的雾从谷底蒸起
究竟，是山在雨里
或是雨在山里
一座小亭子怎么说得清？
听！
森森矗立，林荫的深处

一声鸟

把四壁空山啭成了一句偈

一九七二年一月四日于溪头

雨　季

眉眼半遮，深秋这城市
摘也摘不掉的层层灰云
毛毛的，斜戴成一顶旧帽子
天上黯黯，地上流漾着反光
倒映放学的孩子走过
巷底有湿沥沥的回声
——这样子的半下午
葱油的香味来自厨房
该有长长的航空信来自远方
密封秋晴金碧的朗爽
但雨天的信箱总是空着

愈压愈重啊低低的雨季

伞是一种黑郁郁的义肢

满街装饰残废的行人

曾经，雨夫人的孩子我是，曾经

那样欢迎她，我张开手臂

“下来吧下楼来吧雨妈妈

弯下你腰来垂下你长长的头发

拂我的脸呵我的脚心

痒痒的乱丝里让我迷失

跟我玩水玩一整个下午

跟蜗牛跟鸭子跟青蛙，呱呱

跟梧桐跟檐角跟屋瓦
把屋顶敲成一张古琴”
我不再归于雨季雨不再喊我
去院子里玩，去桥上、堤上
放学的路上一步一水塘
公寓的阴影围过去
围过来阴影围过去
围成一方无蛙的井底
——这样子的黄昏
该摇醒一支烛来，听雨
听她哼一首温柔的童歌

一九七二年一月十四日

余光中

积　木

诗成，才惊觉雨已经停了
全睡着了吧下面那世界
连雨声也不再陪我
就这样一个人守在塔上
最后的孤独是高高的孤独
——二十年后，依然在写诗
搭来搭去，依然是方块的积木
只是这游戏
一个人玩未免太凄然
从前的游伴已经都长大
这老不成熟的游戏啊

不再玩，不再陪我玩

最后的寂寞注定是我的

二十年后，依然在玩诗

依然相信，这种积木

只要搭得坚实而高，有一天

任何儿戏都不能推倒

一座孤独

有那样顽固

一九七二年一月十五日

乡　愁

小时候
乡愁是一枚小小的邮票
我在这头
母亲在那头

长大后
乡愁是一张窄窄的船票
我在这头
新娘在那头

后来啊

乡愁是一方矮矮的坟墓
我在外头
母亲在里头

而现在
乡愁是一湾浅浅的海峡
我在这头
大陆在那头

电话亭

不古典也不田园的一间小亭子
时常，关我在那里面
一阵凄厉的高音
电子琴那样蹂躏那样蹂躏我神经
茫然握着听筒，断了
一截断了的脐带握着
要拨哪个号码呢？
拨通了又该找谁？

不过想把自己拨出去
拨出这匣子这电话亭

拨出这匣子这城市

拨出这些抽屉这些公寓拨出去

拨通风的声音

拨通水的声音

拨通鸟的声音

和整座原始林均匀的鼾息

一九七二年一月三十一日

慈云寺俯眺台北

千门万户重叠成好一堆惘然
红尘也无所谓
烟火也无所谓
老病生死也无所谓
一声木鱼
敲寂了下面那世界

千窍豁然贯通，即始即终
无所谓从前
无所谓以后
无所谓户籍确凿吧现在

日落时
风把一炷香静静接去

如果有一拂飘飘的僧袖
四海随我去云游
如果袖中有一只葫芦
宁可打酒
也不愿把下面纤纤那世界啊
装在里头

一九七二年二月四日

镜

公开的禁区，公开几寸？
好小的一面魔沼你要当心
吹什么风怎么吹不皱水银？
传说那里面有一个水鬼
传说那水鬼
有一个秘密不告诉人
不告诉人，除非有一条路
玻璃的迷幻走得进去
除非进去后你立刻
把冷晶晶关上，不留水纹

否则那哑谜仍然是哑谜
（好平的魔沼啊你要当心）

传说那里面的世界叫从前
说从前淹死在里面
——后来就流行起那个传说
涟漪不生，好坏的魔沼啊
从不脱下它的面具
看玻璃张着薄薄的一层边界
谁也不准通过
不，连你也不准
在边界上张望了好久，好久
除了现在，什么也没有窥见

一九七二年四月二十四日

余光中

老战士

桥下流水桥不流，年年七七
那老伤口就回过头
就回过头来咬他
弹疤拧曲的左胁下
狠狠咬，咬他发疼
三十多年的老伤口
惊醒，一阵激越的号声
摧天折地，一排排的炮声
自卢沟桥的那头，隐隐，扬起
月光失色，苍苍白白
他便像卢沟桥那样子

躺下来，非血非汗非流水
便滔滔从桥洞下流去
水流桥不流，三十年后
一张旧伤口陪他醒在这里
一张没齿的旧伤口，仍然烫手
抚过来抚过去
抚不尽的垒垒塞外摩挲到江南
他抚摸中国像中国抚摸过他
抚不平的垒垒记忆不平
亦血亦汗亦泪亦流水
打他的指缝湍湍流去
水流桥下，桥，不流
卢沟桥是永久
卢沟桥是永永久

宛如头发稀了，头发掉了
忘不掉小时候，母亲的手
牙齿掉了，忘不掉牙疼

一九七二年九月二十八日

俳句十二行

深深青草，浅浅水石
腹语呼——应着腹语
黛绿为背，白净为肚皮
鼓动月光冷冷的玄机
古中国似有意
蠢蠢的夏夜似有意
委池上的隐者为代舌人
然则咕咕乎呱呱乎
翻来覆去在说些什么？
群蛙顿歇

——寂静

寂静在说些什么？

一九七二年十月一日

罗二娃子[1]

罗二娃子他家就在牛角溪的对岸
那年夏天涨大水，断了木桥
我跟罗二娃子
只好隔水大喊，站在两岸
喊些什么并不要紧
要紧是喊的本身，我喊，他应
两张充血的喉咙，奋然
要飞越上游的山洪滚滚而下
十几丈宽的急湍隔着
罗二娃子喊，他家的花娘娘
上星期生了一窝小狗

我喊，我那只宝贝蟋蟀死了
什么时候你再帮我捉一只？
“水一退我就过来！
我送你一只小花狗！”
不久天色就暗暗压下来
黄浆滔滔，两岸摇摇
水声翻腾，拍散我们的呼声
“再见！再见！”
罗二娃子一阵子挥手
就变成夜的一部分了
后来再没有见到罗二娃子

我跟家里就离开了四川

童年，就锁进那盆地里

在最生动最强烈的梦里，现在

仍然看见他，罗二娃子

浮浮沉沉向我游过来，挥动双臂

只是河，怎么愈游愈宽，水声愈喧闹

孩子的呼声愈抛愈弱小

三十年的洪水扑向我喉道

船，吞掉，桥，吞掉，一切都吞掉的洪水

不能为两个朋友悲呼而退潮

啊罗二娃子！

一九七二年十月十一日

余光中

盲丐

想起乡国，为何总觉得
又饿又冷又空又阔大
不着边际的风终夜在吹
隐隐有一只古月在吠
路愈走愈长蜃楼愈遥远
一枝箫，吹了一千年
长安也听不见，长城也听不见
脚印印着血印，破鞋，冷钵
回头的路啊探向从前

也乞食新大陆
也浪荡南半球

走过江湖流落过西部
重重叠叠的摩天楼影下
鞭过欧风淋过美雨
闯不尽，异国的海关与红灯
世界在外面竟如此狭小
路长腿短，条条大路是死巷
每次坐在世界的尽头

为何总听见一支箫
细细幽幽在背后
在彼岸，在路的起点唤我回去
母性的磁音唤我回去
心血叫，沸了早潮又晚潮
一过楚河，便是汉界

那片土是一切的摇篮和坟墓
当初摇我醒来
也应摇我睡去

回去又熟又生那土地
贫无一寸富有万里
那土地，凭嗅觉也摸得回去
不用狗牵何须杖扶
膝印印着血印，似爬似跪
盲丐回头，一步一忏悔
腿短路长，从前全是错路
一支箫哭一千年
长城，你终会听见，长安，你终会听见

一九七二年十月十三日

上　山

相偕登山的
是一伞，一杖，一老僧
才抵山腰
伞已化成
天清地爽，好一阵冷雨
雨停失杖
纵横乱石
一根千岁的古藤
垂下去，垂，隐隐
雨后钓深谷的水声
走到山顶
怎么才一回头

竟浑不见僧，到底
是山失了僧
是僧失了山
到底是怎样下的山
有没有下山
要不要下山
甚且有没有山
问来问去
雾里云里
没有一只鸟说得清

一九七二年十月十四日

长城谣

长城斜了，长城歪了
长城要倒下来了啊长城长城
堞影下，一整夜悲号
喉咙叫破血管
一腔热
嘉峪关直溅到山海关
喊人，人不见
喊鬼，鬼不见
旋地转天的晕眩，大风沙里
砖石一块接一块
一块接一块砖石在迸裂

摇撼比战国更大的黑影
压下来，压向我独撑的血臂

最后是楼上，众人推墙
霹霹雳雳的一阵洗牌声
拍我惊醒

一九七二年十月二十日

呼　唤

就像小的时候
在屋后那一片菜花田里
一直玩到天黑
太阳下山，汗已吹冷
总似乎听见，远远
母亲喊我
吃晚饭的声音
可以想见晚年
太阳下山，汗已吹冷
五千年深的古屋里
就亮起一盏灯

就传来一声呼叫

比小时更安慰，动人

远远，喊我回家去

一九七二年十月

大江东去

大江东去，浪涛腾跃成千古
太阳升火，月亮沉珠
哪一波是捉月人？
哪一浪是溺水的大夫？
赤壁下，人吊髯苏犹似髯苏在吊古
听，鱼龙东去，扰扰多少水族
当我年老，千尺白发飘
该让我曳着《离骚》
袅袅的《离骚》曳我归去
汨罗，采石矶之间让我游泳
让不朽的大江为我涤罪

冰肌的江水祝我永生
恰似母亲的手指，孩时
呵痒轻轻，那样的触觉
大江东去，千唇千靥是母亲
舔，我轻轻，吻，我轻轻
亲亲，我赤裸之身
仰泳的姿态是吮吸的姿态
源源不绝五千载的灌溉
永不断奶的圣液这乳房
每一滴，都甘美也都悲辛
每一滴都从昆仑山顶

风里霜里和雾里
荒荒旷旷神话里流来
大江东去，龙势矫矫向太阳
龙尾黄昏，龙首探入晨光
龙鳞翻动历史，一鳞鳞
一页页，滚不尽的水声
胜者败败者胜高低同样是浪潮
浮亦永恒沉亦永恒
顺是永恒逆是永恒
俯泳仰泳都必须追随
大江东去，枕下终夜是江声
侧左，滔滔在左耳
侧右，滔滔在右颊
　　侧侧转转

挥刀不断

失眠的人头枕三峡

一夜轰轰听大江东去

一九七二年十一月十三日

看手相的老人

一连三夜，他从恶魔中叫醒了自己
热梦里叫出一床冷汗
他口干，他是一尾失声的鱼
呼声断在夜的深处
鞭不出回响，户外，月蚀如故
庞大的眈眈黑视如故
第四天他找到那老人
那看手相的老人，满脸皱纹
千年的白发垂下来，盖住全身
一只鸟爪从发中伸出
将他冷颤的手捉住

沉抑的喉音从须间透出
“摊开你掌心吧，没关系
当然里面有一个秘密
你说你担心，谁的，你的命运?
你自己，不是别人的命运?
我懂。 谢谢你，我不用烛光
月蚀不月蚀对我都一样
眼睛睡去，耳朵更清醒
你的呼声，夜夜我听见你惊呼
捌过来，夜的那头到这头
七个少年先后来看我

要我解答掌中的谜底
不就全握在你手里，你的命运
你不掌握，要谁来掌握？
你不放手，谁敢逼你放手？
摸你的心事纵横，沟影深深
你的掌，割裂成皱面的老人
轻轻年纪，怎么一拳握千岁的伤心？
莫哭，好孩子，莫哭
七个少年先后来问我
你只是第七，不会是最后一个
摸你们的掌纹怎么大同小异
委委曲曲的线条里，隐隐，我听见
同样的水声南下，四川流下流汉水
北上是乌江应着湘江

激荡滚滚的大江东去

听，时间卷进你手掌啸出漩涡

五根手指这样竖起来

滚滚流过，滔滔流过

便拔起磅磅礴礴做五岳

共工撞歪的天空你扛住

完全一致，年轻的掌纹

右手的手指比左手的手指

一匹火鬣的太阳七兄弟都擒住一匹

只要一握手，掌心印着掌心

只要一握手就是证明”

一九七二年十一月十九日

小　招

——岁暮怀愁予

那浪子，像所有的浪子一样
结局是清丽的失踪
绝句绝，酒坛空
只留下炊烟袅袅的一缕美名
缭绕他昔日的梦境
北回归，一个人在天涯未回归
鸥在堤外，港在雨里
从前有一个岛，叫什么名字
似乎他已忘记

他在时防波堤不觉得怎么寂寞
北佬的乡音南人的洒脱
他的诗是仙人才生的病
把火车倒骑成一只鹤
基隆到台北只一驿云
那浪子，如今异国的江湖上漂流
吟失诗伴，饮无酒友
又是圣诞近时
他把心事深深都踩成雪上的靴印

一九七二年十一月二十四日

戏为六绝句

水

水是一面害羞的镜子
别逗她笑
一笑，不停止

海　峡

早春的海峡
那么大的一块蓝玻璃
风吹皱

枫　叶

秋天，最容易受伤的记忆
霜齿一咬
噢，那样轻轻
就咬出一掌血来

秋　暮

黄昏黄昏你慢慢地烧
落日落日你慢慢地沉

　　天高高

　　地冷冷

雁在中间叫一声

白　杨

九月啊九月

是谁一张金黄的心

飘飘零零

在风里灿灿地翻动黄金

翻过来，金黄

翻过去，黄金

谁掉了一颗金黄的心？

召　鸟

树说鸟属于浑浑的大地
浪说鸟属于汪汪的大海
天什么也没说
　除了云
　除了风
和一些日起日落的旗语

楼　头

看一把晚霞烧艳了半壁天
黄昏是愈煨愈低
寒气从江面削过来
所有的须眉奋怒都朝西
三杯绍兴刚下肚
一股豪气上冲
满座相看，浪子尽成英雄
想这时该有一把剑
向残霞剩霭的冷烬里
旭日一轮挑出
不然也该有一管箫

把暮色想说
又说不分明的如此如此
恻恻说给谁听

只是剑已锈蚀，箫已喑哑
而酒一惊醒
英雄都回到潼关以西
一架七四七的呼啸远后
落日淡下去，如一方古印
低低盖在
一幅佚名氏的画上

一九七三年二月十九日

守夜人

五千年的这一头还亮着一盏灯
四十岁后还挺着一支笔
已经，这是最后的武器
即使围我三重
困我在墨黑无光的核心
缴械，那绝不可能
历史冷落的公墓里
任一座石门都捶不答应
空得恫人，空空，恫恫，的回声
从这头到时间的那头
一盏灯，推得开几呎[1]的混沌？

壮年以后，挥笔的姿态
是拔剑的勇士或是拄杖的伤兵？
是我扶它走或是它扶我前进？
我输它血或是它输我血轮？
都不能回答，只知道
寒气凛凛在吹我颈毛
最后的守夜人守最后一盏灯
只为撑一幢倾斜的巨影
做梦，我没有空
更没有酣睡的权利

一九七三年二月二十二日

阿善公

看天的眼睛苍苍
看海的眼睛茫茫
阿善公的眼睛
苍苍又茫茫
春天来后
他就蹲在那边的苦梨树下
让蜻蜓停在白发上
风从秧田里吹过来
白发飞，蜻蜓也飞
白发停蜻蜓也停
半透明的薄翼在风里微颤

阿善婆死后常常就那样
下午一蹲就矮成了黄昏
田埂弯弯接来四面的苍茫
阿善公是死不了的
阿善公不能死
阿善公要是死了
那些记忆，他的，该怎么办？
水井枯了
青蛙，该怎么办？
古屋烧了
老鼠，该怎么办？

一九七三年二月二十三日

投　胎

在伶仃的年代
赤裸裸地让我
牙牙，一路爬回家去
爬回民谣那样
深不见底的洞里
让我翻身跪倒
一半忏悔，一半是祷告
一个匍匐的婴孩
膜拜用五体来膜拜
为了重认母亲
吮甘醇的母奶

张开肥沃的子宫啊

让我再从头

向你投胎

一九七三年三月十二日

摇摇民谣

轻轻地摇吧温柔的手
民谣的手啊轻轻地摇
轻轻地摇吧温柔的手
摇篮摇篮你轻轻地摇
炊烟炊烟你轻轻地吹
黄昏黄昏你弯下腰
你弯下腰来轻轻地摇
　你一面摇
　我一面摆
温柔的手啊你一面摇

轻轻地摇吧催眠的手
民谣的手啊慢慢地摇
慢慢地摇吧催眠的手
摇篮摇篮你慢慢地摇
织女织女你慢慢地飞
黑夜黑夜你低低地垂
你垂下发来慢慢地摇
　你一面摇
　我一面睡
催眠的手啊你一面摇

狠狠地摇吧健美的手
民谣的手啊狠狠地摇
狠狠地摇吧健美的手
摇篮摇篮你狠狠地摇
太阳太阳你亮亮地敲
黎明黎明你伸直腰
你伸直腰来狠狠地摇
　你一面摇
　我一面醒
健美的手啊你一面摇

一九七三年三月十二日

雨后寄夏菁[1]

高不可扪深不可测

那般不着边际的一穹黑淋漓

细细，被一声蟋蟀

牵来牵去牵起

一丝一丝的相思，纤纤不绝

北方的秋千南方的瓜架

从小听惯那样的歌韵

墙角应着矮围篱

远从《诗经》的第一句起

听惯那样的咛咛，叮叮

那样袅袅地惹人牵挂

嗯，怎能把一截剪下

一方小小的邮票

送给浪游更远的那人

纵长城走万里运河流千年

也难抵细细的一丝蟋蟀

把忘归的浪子牵回

北方的灶头啊南方的井湄

一九七三年四月九日

水仙操

——吊屈原

把影子投在水上的，都患了洁癖
一种高贵的绝症
把名字投在风中的
衣带便飘在风中
清芬从风里来，楚歌从清芬里来

美从烈士的胎里带来
水劫之后，从回荡的波底升起
犹佩青青的叶长似剑
灿灿的花开如冕
钵小如舟，山长水远是湘江

一九七三年端午

起　飞

一声长啸震愕了所有的屋顶
大快吾意的喧闹中
一反手就脱下这都市像脱下
湿贴贴的一身旧雨衣
千层霾底轰轰烈烈地纵上来
看，这上面的清虚永不生锈
圆满无憾的水晶球
一泓蓝幻幻里流转着黄金
举起一杯鲜橙汁
把新酿的阳光注进体内
把所谓现实

把满地黑蕈的雨伞
把伞下青苔的灵魂
都交给云，水气滃郁的灰云
去慢慢地戏弄吧
飞，原是一种豪健的告别式

一九七三年六月二日飞香港

降　落

上面外面这世界悠悠荡荡在半空
黑暗无始正如黑暗无终
什么也看不见摸不着捉不住
如果这就是永恒我不要永恒
如果这就是天国我可怜天使
不着边际的云游算不算自由
外面，上面，冰冰这世界？
最后，是一片温柔的嘴唇
我的冷耳忽然被吻醒：
“各位旅客，台北就要到了
当地的时间是十一点十分

下面的气温是华氏七十四度[1]

正下着小雨”

湿湿的流光中

灯火两三，闪着谁的家？

灯火六七，闪着谁的城？

千灯万灯牵成一张大地网

投入不投入要不要投入？

忽然，翅膀一斜

蹈火的姿态自焚的决心

（火啊火啊我回来了！）

奋疾向下扑去

六月四日自香港回台北

预　言

一百年后等洪水全部退尽
峥峥他的额角犹屹立
大斧劈他的颜貌成不撼的巨岩
澎澎湃湃的年代
劈来劈去劈出
令人骇目的一面绝壁
在仰望之中峭峭削起
漩涡叫，绕着意志的棱角
一切浊流
到此不由不改道

一九七三年六月七日

飞将军

两千年的风沙吹过去
一个铿锵的名字留下来
他的蹄音敲响大戈壁的寂寂
听，匈奴，水草的浅处
脸色比惊惶的黄沙更黄
他的传说流传在长安
谁不相信，霸桥到霸陵
他的长臂比长城更长
胡骑奔突突不过他臂弯
柳荫下，汉家的童子在戏捉单于
太史公幼时指过他背影

弦声叫，矫矫的长臂抱

咬，一匹怪石痛成了虎啸

箭羽轻轻在摇

飞将军，人到箭先到

举起，你无情的长臂

杀，匈奴的射雕手

杀，匈奴的追兵

杀，无礼的亭尉你无礼

杀，投降的羌人

杀，白发的将军，大小七十余战

悲哀的长臂，垂下去

一九七三年七月十八日

西出阳关

一出松山
一出现代的阳关
两颊便轮番笞打
灼热的两颊，挞，被四方风雨的凄寒
一鞭汗，一鞭血，一鞭雨
所谓国际
那样的气候便是
天空是祖先祷过的天空
土地是祖先锄过的土地
脊椎是不屈向谁的脊椎
阴阴郁郁的天地间

我就是我，北京人一样地站着

堂堂的北京人我就是

属于中国

不属于北京

一九七三年八月四日

断　奶

一直，以为自己永归那魁伟的大陆
从簇簇的雪顶到青青的平原
每一寸都是慈爱的母体
永不断奶是长江，黄河
千锄万锄锄开的春天
摇一只无始无终的摇篮
我的祖先，和祖先的祖先
全在那里面摇睡，摇醒
她是刘邦，也是项羽的母亲
一直，以为自己只属于那一望大陆
为了一张依稀的地图
泪湿未干的一张破图

竟忘了感谢脚下这泥土
衣我，食我，屋我到壮年
海外这座永碧的仙山
富丽而长，满篮凤梨与甘蔗
屹对台风撼罢又地震
一年孕两胎蓬莱肥沃的生命
一直，以为这只是一舢渡船
直到有一天我开始忧虑
甚至这小小的蓬莱也失去
才发现我同样归属这岛屿
断奶的母亲依旧是母亲
断奶的孩子，我庆幸
断了嫘祖，还有妈祖

一九七三年十一月六日

余光中

处女航

一自下山去后，小叶与少聪
一舸烟霞载着
仙侣轻摇着双桨
悠悠荡荡，四海便云游去了
山中日月，世上风雨
相思林任他编织着思念
一针复一针，细细纤纤
野鸽任他绿荫里低呼，咕咕
清明过后是端午，一去十年
下山的人啊再也不回顾

再也不回顾，茑萝千条
也牵他不住，长廊外
钟声迟迟，又敲斜一个下午
渐海上风变
仙帆卷进妖啸的溺流
黑潮白浪，怪涡在舷边张口
所有的处女航传说都一样
看一径蜿蜒
万劫的世界在脚底展开
烈士下去，逸士上来

一九七三年十一月十日大度山

诗　人

——和陈子昂抬抬杠

前有古人，后有来者
中间的一炬火你擎传
一手手，从前接来
一手手，向后传去
烫手的光奋挣，擒在你拳里
风吹雨打你的发看你的乱发
天地一愕间触电而燃烧
你的脸发出传说中的光芒
近时不显，远时才赫现
凡你过处，群魉必啾啾追逐

何须怆然而涕下
你和一整匹夜赛跑
永远你领先一肩
直到你猛踢黑暗一窟窿
成太阳

一九七三年十一月十六日

贝多芬

——一八〇二年以后他便无闻于噪音

愤怒的幽灵从来不死去
有一些生者不让他死
有一些怕鬼的人不相信
魁梧的魂魄肯伏在墓里
不相信孩子们的耳朵能抗拒
身后，他漩涡不断的回声
惊拳捣门，一夜是几遍？
怕鬼的人从三更到五更
把一本红皮小册子念成符咒
叫吼所有的咒语来壮胆

所有的巫师齐诵经文
能不能淹没宏大的乐音？
拿破仑的蹄声，号声，炮声
千倍万倍的鼓噪能不能吓退
赫然一张死面，目光厉闪如电
虬指的乱发矫矫飞旋
那意志，亢昂不屈那意志
不属德意志，属自由的人
不怕鬼的人，坦坦夜行的人
不怕仲尼，不怕弗朗兹[1]和亚马狄斯[2]
所有戴光冕的人都不怕
让怕鬼的人翻开所有的坟墓
一鞭从今人打到古人
骁悍的幽灵从来不死去

挥鞭的人不让他死

挥鞭的手，你颤抖，挥鞭的手

鬼不在墓里，在你心里

冷汗湿，失眠症的患者

鼓声是心悸，听，谁在擂门？

命运第一句，霹雳四个重音

二十五年的紧闭后，谁，在捶门？

一九七四年一月三十一日

小小天问

不知道时间是火焰或漩涡
只知道它从指隙间流走
留下一只空空的手
老得握不成一把拳头
只知道额头它烧了又烧
年轻的激情烫得人心焦
焦掉的心只剩一堆灰
为了有一只雏凤要飞
出去，颤颤的翅膀向自由
不知道永恒是烈火或洪水
或是不燃烧也不回流

一九七四年二月一日

余光中

自嘲

先知与圣徒的孩子们
在沙漠里又吵了一架
阿拉丁把神灯只擦一擦
每一滴，啊，每一滴油
比耶稣的血更昂贵
冉冉腾起，那巨灵的阴影里
我们竟缩小一倍，十倍
阿拉，该怎样我们才能赎罪？
百货飞升，比赛放风筝
车票，百分之六十
香烟，百分之廿五

昨天，买得动公象

今天，买不起母鼠

只有我的诗，不灵的神灯

稿费不降也不升

价目长保着稳定

或许——

这也算一种永恒

一九七四年二月三日

虎　年

虎来的时候什么地方最安全？
是乱草丛，是怪石间？
是深谷下，是长松巅？
是满弓一弯躲在那后面？
腥风一动他便从半空里跃落
怔住，心悸的千蝥万蝥
凛凛空山啸荡着回声
黑黥文身在黄脊背上翻滚
催眠的律动令人目迷
愕望奥秘的惊险霹雳已扑到
虎来了，我们惶叫，虎来了

虎来了，驯虎的壮士你何在？
什么地方，你教我们，最安全？
什么地方，你警告说，最危险？
什么地方最危险最安全？
教我们该如何腾上那虎背
捋他的胡髭，攫他的颈肌
把危机驰成威武的气势
噬人的悍兽炼成神驹
一种黄底黑花的节奏
肩膂在崎岖之上起伏如波
绝壁，跃过，直削的深涧，跃过
啊壮士，虎背难登更难下
伸缩骇人那一匹斑斓
该如何教我们去驾驭

像乘骑轻轻摇摆的锦鞍
教我们骑虎如何不纵虎
如何跨下蹲伏的绣纹
右脚要安全左脚应冒险
山，睡得太沉，这岛上
竖耳待虎啸猝裂一声

一九七四年二月五日

白玉苦瓜

——故宫博物院所藏

似醒似睡，缓缓的柔光里
似悠悠醒自千年的大寐
一只瓜从从容容在成熟
一只苦瓜，不再是涩苦
日磨月磋琢出深孕的清莹
看茎须缭绕，叶掌抚抱
哪一年的丰收像一口要吸尽
古中国喂了又喂的乳浆
完美的圆腻啊酣然而饱
那触觉，不断向外膨胀

充实每一粒酪白的葡萄
直到瓜尖，仍翘着当日的新鲜

茫茫九州岛只缩成一张舆图
小时候不知道将它叠起
一任摊开那无穷无尽
硕大似记忆母亲，她的胸脯
你便向那片肥沃匍匐
用蒂用根索她的恩液
苦心的悲慈苦苦哺出
不幸呢还是大幸这婴孩

钟整个大陆的爱在一只苦瓜
皮靴踩过，马蹄踏过
重吨战车的履带压过
一丝伤痕也不曾留下

只留下隔玻璃这奇迹难信
犹带着后土依依的祝福
在时光以外奇异的光中
熟着，一个自足的宇宙
饱满而不虞腐烂，一只仙果
不产在仙山，产在人间
久朽了，你的前身，唉，久朽
为你换胎的那手，那巧腕
千眄万睐巧将你引渡

笑对灵魂在白玉里流转
一首歌，咏生命曾经是瓜而苦
被永恒引渡，成果而甘

一九七四年二月十一日

逆　泳

大寒流之夜，一脚落进了长江
遂逆流而泳，从下游向上游
逆洪流逆一切湖妖和水怪
泳向上游向天府之邦
向少年向一首热歌在抗战时代
唱沸少年的血在胸膛
我虽已中年，血犹啸热肌腱犹奋亢
逆泳有超级选手我就是
纵夜深水急股筋欲痉挛
亦不甘自溺于汨罗魂散潇湘
“醒一醒，光中，”她将我猛撼

“怎么你满身冷汗梦话哽哽？”
一脚才发现还伸在毡外
酸痛的脚，遥遥，向对海
向那时的童年，此时的梦魇

一九七四年二月二十八日

大寒流

大寒流从西北凛凛地卷来
从天封地冻的西北
风劲云涌空空的大陆
从黯黯的穷西到澹澹的极北
仆长城万里一条冻僵的恐龙
从城下，孟姜女无助的哭声
从城外，苏武哀鸣的羊群
从飞将军也迷路的戈壁
昭君的琵琶怨到如今
从雁门，从玉门，从阳关以外
从戍卒，从哀我征夫的梦里
大寒流从大陆滚滚地卷来

削我的鼻，冷锋，剃我的汗毛
血，痛醒，在耳棱上嘶叫
带来熟悉的，陌生的回忆
堆雪人，打雪战，滚雪球
放学回家，母亲热烘烘的灶头
一缕饭香派到篱外来接我
一朵一朵，阿黄的脚印
在处女白上留多少梅花
雪，天长地久盖住了寒假
南方，只剩下几口水井
北方，只露出一只烟囱
小时候的冬夜怎么不怕冷

四万万人挤一张大床

令人在长夏悠悠的岛上

永绿的棕榈下怀念冻疮

从师大回家，走下和平东路

然后是同安街厦门街长巷长巷

窄窄弯弯成深长的回忆

寒流寒流你刚来自家乡

该知道家乡发生的近事

我朝南的那扇窗子，来时

外面的一树梅，愈古愈清香

绽开了没有？开了多久？

站在下风的地方，怔怔我问

那寒流，扫整幅大陆而下

那寒流，从阴山上滑雪而来

那寒流，从一首古老的民谣里扬起

一张忘了的贺年片里吹来
那寒流他什么也不肯说
凛冽了二十五年什么也不说
除非向黑白片窥天荒地老
侧影断断续续的背影侧影
安东尼奥尼[1]你喃喃的低吟
探你的镜头入我的梦境
滔滔的大寒流你来自西北
带来怆然欲下的涕泪
古人何罪今人亦何罪？
带来咳嗽，狼嚎一阵阵的呛咳
和间歇爆发，乍一声悲壮的喷嚏
啊大寒流你带来这样的信息！

一九七四年二月二十六日

乡愁四韵

给我一瓢长江水啊长江水
　　酒一样的长江水
　　醉酒的滋味
　　是乡愁的滋味
给我一瓢长江水啊长江水

给我一张海棠红啊海棠红
　　血一样的海棠红
　　沸血的烧痛
　　是乡愁的烧痛
给我一张海棠红啊海棠红

给我一片雪花白啊雪花白
　　信一样的雪花白
　　家信的等待
　　是乡愁的等待
给我一片雪花白啊雪花白

给我一朵蜡梅香啊蜡梅香
　　母亲一样的蜡梅香
　　母亲的芬芳
　　是乡土的芬芳
给我一朵蜡梅香啊蜡梅香

一九七四年三月

雾　社

樱花谢了，啊酋长，武士刀也锈了
永不褪色是烈士的热血
一声怒挺便红到如今
此外，更无仰攻的旌旗
唯郁郁的林莽，一绿无际
长夏用苍苍佑你安眠
不锈是番刀不朽，啊酋长
大佐的脊背凛到东京
那锋芒，悲愤的目光淬亮
铜镯锵锵，泰耶鲁[1]的体魄六尺
仆下，为拔起英挺的碑石

牌坊峨然，拱四壁的峰峦峻起
事件过后，蝉声如忘
山径九折旋来平地的班车
看番社的水果摊上
李犹酸齿，水蜜桃的记忆
茸茸涩口，不水也不蜜
天主堂的晚钟动时，一丸赪日
骇然向来时的山口落下
犹似当年在升旗，不，降旗

一九七四年七七之夕于雾社复兴文艺营

碧　湖

怎么窄窄，只一扇后门
一推竟推开，咦，十里碧澄澄
迢迢一面迷幻镜
一汪清虚涟漪也不起
不可信的奇迹，不见不相信
见了，一半信，一半犹可疑
看，拔尖峭起是林木矗矗
翠柯交翳，彻彻透出蝉声
山神私藏在层峦深处更深处
霞晚雾晨，万夏千春
一片心，只剖向蓄社的日月

泰耶鲁的民谣，闻说有一首
叠句反复，用原始的节奏
歌咏脉脉这一泓青睐
当鼓声擂动丰年的祭乐
波光流眄六社的孩子
世世代代好深沉的祝福
神啊他手刃了自己的血嗣
酋长他有个悲切的名字
烈士的肌腱痛切成碑石
部落的旧创，隐隐，被切痛
切痛兵器锈蚀的缺口

沁凉的湖气里，青山如睡
半角红亭妩媚回转的坡路
浑不记杀喊声中，啊当年忆当年
乍一座活火山在此飞迸
一丸太阳旗炼不成仙丹
余波撼，远摇富士的山脚
事件灰飞烟灭，于今只留下
一氅水禽过处，白影正翩翩
无憾的镜面且飞且回顾
看一曲绿水叠嶂里蜿来
酋长，蜿你额上当年的佩带
而中流豁豁抽开，啊幻湖
酋长酋长你弯刀犹裸露
西去裸冽冽的寒光向晚

奋力一劈后不肯再回鞘

“水面起雾了，露水就要下降
下湖的小路已接通苍茫
回去吧，莫冷了桌上的晚餐
莫等冷那鲤鱼，昨天刚钓起
湖的心事，新事，旧事？
待我们回去，不，你先请
向花雕的烈焰细细品尝”
说着，他把那后门掩上
碧湖山庄那主人
起雾的迷镜他合上，邃深而冷
那样小，用一面镜盖子

一九七四年七月十一日于雾社

诗之感性的两个要素

——一九七四年大地版后记

一位诗人过了四十五岁居然还出诗集，该是一件值得庆幸的事。华兹华斯的杰作，多在三十七岁以前完成，四十五岁以后，便真个江郎才尽了。柯勒律治[1]和阿诺德[2]的情形，也大致如此。缪斯，好像是不喜欢中年的，更遑论老年了。当然，认真追她的诗人，到了四十、五十以后，倒是真能微闻芗泽的。至于七十岁的诗翁竟赢得缪斯青睐屡顾的，也不乏前例。相形之下，西方的诗观似乎强调青春，中国人就似乎看得淡些。希腊的诗神阿波罗，同时也是青春之神，中国人则强调"庾信文章老更成"，强调老树着花，大器晚成。华兹华斯和斯温伯恩[3]，到了晚年，还在诗中津津乐道童年，中国诗人则绝少这种现象。相反地，中国的古典诗歌咏中年的哀乐和老年的感慨，最多杰作。西方的观念，认为诗应狂放不羁，至于散文，则是一种“文雅的艺术”（a civil art）。中国的诗观比较讲究温柔敦厚，中年的沉潜和少年的激越同样受到重视。一般说来，中国的诗人进入成熟期，都比较旷达而自然，不像叶芝那样既惊且怒，也不像勃朗宁[4]那样虚张声势。

中国虽有江郎才尽之说，实际的例子反而不像西方多。创作力持续之谜，说得玄秘一点，简直上通天机，不可思议，说得扫兴一点呢，也许下通生理，跟什么“腺”之类的不无关系，当非灵感派的诗人所愿接受。除了人力不能控制的因素外，主观的坚持和努力仍是决定性的条件。三年前，我在一篇文章里曾经扬言，说什么“在踏入地狱之前，假使容我选择带一个伴侣，则我要选择的不一定是诗，而且一定不是西洋现代诗”，当时颇令一些学朋诗友怀抱杞忧，担心从此我将弃缪斯而去。事实上，“现代诗与摇滚乐”里的那一番话，是激于现代诗之冷与摇滚乐之热，炎凉对比之下，有感而发。现代诗为什么冷？摇滚乐为什么热？简单说来，是因为前者的形式不容易让人亲近，内容又不太切合时代与环境，而后者恰恰相反。当时我身在美国，浪荡已有两年，心情幽远而寥落，创作也十分歉收，面对摇滚乐的诱惑，不免怨起现代诗来。前引那一番话，不过是要气气缪斯，表示天下之美不尽在卿。那只是情人吵架，当不得真的。

我是在一九七一年六月底回国的。学府和文坛的朋友，热切的学生和读者，忙碌的市民和浑厚的乡人，电话铃、限时信、门铃，一回到这一切的中间，无论是国难之大或私情之小，都觉得十指连心，怎么也潇洒不起来。记得回国的第一夜，百感猬集，时空的轮转，乡情的震撼，令我失眠。听着邻居后院幽沉的蛙噪和厦门街巷底深邃的犬吠，真真感觉自己是回来了。第二天一大清早的鸡啼和卖豆腐女人的呼喊，使回来的感觉更形真切。因为这一切就是中国，从《诗经》的第一句起就是如此，每次听到，都令人打心底响起回声，袅袅难绝。就这样，人回来了，心回来了，诗，也回来了。

我和音乐之间的关系，还需要交代一下。意象与节奏，原来是诗之感性的两个要素。节奏感与音调感可能因人而有小异，但是诗人而缺乏一只敏感的耳朵，是不可思议的。音调之高低，节奏之舒疾，句法之长短，语气之正反顺逆——这些，都是诗人必须常加试验并且善为把握的。自从现代诗反传统以来，不少作者连中文的基本声调都忽略了，结果一首诗不是音不副义，甚或音义相左，在声调上“表错了情”，便是完全丧失了节奏的张力，成为一首“哑诗”。国语只有四声，少了一个峭急险骤的入声，新诗的音域先天上已经比古典诗狭窄。剩下来的四声，如果还不能充分发挥功用，新诗的音乐性也就难怪要日趋贫乏。有一次和芳明[5]谈诗，曾自称是新诗人中最爱在情绪的高潮和行末用去声字的作者。技巧上的这种苦心，论我的文章里几乎从未加以分析。我认为，凡是成功的现代诗人，没有一位不是在音乐性上别有建树的。这一点，除了温任平[6]等极少的评论家外，也几乎无人论及。

诗和音乐结婚，歌乃生。十年前，谁要是为了歌去写一首诗，就会有追求“流行”的嫌疑。这种为晦涩殉道的高等幻觉，在今日，已经是落伍了。不说摇滚乐正是诗与歌的结合，即使“正宗”的现代诗人如奥登[7]等，也写过不少歌谣体的诗。如果诗人和作曲家视“流行”为失节，面对唱片、电台、电视，只晓得退守一隅，自艾自怨，那就只有注定“冷藏”的分了。歌，正如发行刊物和举办朗诵会一样，也是现代诗大众化的一个途径。当社会需要歌——好听又有深度的歌，诗人就应该满足这需要。

当然，并不是每一位诗人都必须写歌，也不必每一首诗都为歌而写。可以想见，有许多必须熟读深思的现代诗，那意境只容慢慢咀嚼，那形式也只有眼耳并赏，原不必与歌强为配合。中国诗的古风和律诗、西洋诗的十四行和无韵体等等，都是与歌无涉的。我们不能想象杜甫的“北征”是怎么唱法。我只是觉得，一位诗人的创作，不妨在几个不同的层次上进行，既可以写深刻的诗，也可以写平易的歌。

至于我自己，对于诗与音乐的结合，是颇有兴趣与信心的。《白玉苦瓜》之中，和歌有关系的作品，竟然将近十首，便是最好的说明。譬如《乡愁四韵》一首，便是音乐家戴洪轩要我写的，据戴先生说，已经有四五位作曲家谱成了歌。另有青年歌手杨弦将它谱成了民谣，在今年六月一日的“胡德夫民谣演唱会”上，和胡德夫、李敏合唱，并且伴以邓豫德的钢琴、陈雪霞的古筝和周嘉伦的提琴，听众千余人的反应很是热烈。此外，音乐家李泰祥曾将《民歌》与《海棠文身》谱曲，还有一位刘文六先生也将一首《云》（未收集中）编成了歌；可惜我自己都还没听到。歌的生命不应该仅止于五线谱上或演奏会中，它应该传诵于街头巷尾，活在广大青年的唇间。看来诗人和音乐家还有一大段路要走。

我向来不记日记，一来因为太忙，二来因为作品便是最真实的记录了。在付印的前夕，把这些记录再翻阅一遍，感觉之中，四年的经验，个人的，希望也是民族的，似乎在这里留下了一泓倒影。其中《小时候》和《蒙特瑞半岛》四年前发表在纽约一份留学生的刊物上，没有再在国内的刊物登载。《落基大山》和《大江东去》两首，发表以后，自己颇不满意，在付印前夕乃大加修改，现在的形式和当日发表时已有甚大差别。以前我没有这样的习惯，现在才发现，如果改得好，是可以把一首坏诗救活的。

这本集子里的不少作品，发表以后，曾引起或大或小或正或反的反应。四年来，对我的诗鼓励有加而且形于文字披诸报刊的，包括陈芳明、碧竹、梅新、杨子、管管、关云、石公、孙同勋、陈鼎环、姚一苇、陈克环、罗青、刘绍铭、李元贞、温任平、林亨泰、林钟隆、冯云涛，还有香港的杨晋、凝凝、也斯、萧艾、凡妮、连心、雅伦等多位先生，当时不及一一致意，现在请容我利用《白玉苦瓜》出版的机会，向他们说一声谢谢。对于写信给我而竟然不获回信的部分读者，也请在这里接受我的歉意：我所以如此无礼，不是因为当时太忙、太累，便是因为来信的要求已超出我的能力之外，使我答复为难。

另有某些读者来信，说要阅读或者评析我全部的诗作，问我一共有多少作品。我只能简单地说，到《白玉苦瓜》为止，我一共出版了十卷诗集，俱见书末所附单行本一览。其中的前四种已经绝版。至于早应问世而迄未出版的，尚有两种：其一为创作年代介于《天国的夜市》和《钟乳石》之间的一卷《跳高者》；另一则为包括《天狼星》《大度山》和《忧郁狂想曲》的长篇诗集，写作时期约当《莲的联想》前后。《跳高者》的剪稿散失殆尽，事隔十多年，风格亦已嫌旧，除了满足某些读者的“收集癖”之外，恐怕已无多大出版的价值了。至于那部长篇诗集，价值应当略高，但是短期内也出不来了。

一九七四年端午之夜

本书相关评论索引

评论文章：余光中的《白玉苦瓜》

评 论 者：吴　籁

原 载 处：《东吴青年》（中国台湾）

原载日期：一九七五年一月

评论文章：《白玉苦瓜》读后

评 论 者：张良旭、李玉英

原 载 处：《文心》（中国台湾）

原载日期：一九七五年五月

评论文章：浅论《白玉苦瓜》

评 论 者：黎模霖

原 载 处：《文心》（中国台湾）

原载日期：一九七五年五月

评论文章：由《白玉苦瓜》看诗人的独白

评 论 者：姚百勤

原 载 处：《文心》（中国台湾）

原载日期：一九七五年五月

评论文章：评余光中的《白玉苦瓜》

评 论 者：掌　杉

原 载 处：《中外文学》（中国台湾）

原载日期：一九七五年十一月

评论文章：在时间里自焚——论余光中《白玉苦瓜》

评 论 者：凝　凝

原 载 处：《中外文学》（中国台湾）

原载日期：一九七五年十一月

评论文章：一盘怎样的苦瓜？

评 论 者：赖碧玲

原 载 处：《新潮》（中国台湾）

原载日期：一九七六年一月

评论文章：《白玉苦瓜》与童诗

评 论 者：陈美羿

原 载 处：《国语日报》（中国台湾）

原载日期：一九七六年六月二十日

评论文章：品瓜录——读余光中先生诗集《白玉苦瓜》

评 论 者：王　灏

原 载 处：《诗脉季刊》（中国台湾）

原载日期：一九七六年七月

评论文章：剖切余光中《白玉苦瓜》的心境

评 论 者：弦外音

原 载 处：《台湾日报》（中国台湾）

原载日期：一九七六年八月四日

评论文章：评戴望舒“灾难岁月”的三首诗——兼评余光中的《白玉苦瓜》

评 论 者：李元贞

原 载 处：《夏潮》（中国台湾）

原载日期：一九七八年三月

评论文章：流转的白玉——浅论《白玉苦瓜》

评 论 者：荻 颖

原 载 处：《嘉义青年》（中国台湾）

原载日期：一九八〇年五月

评论文章：节制与奔流——余光中索隐之一

评 论 者：萧　萧

原 载 处：《文坛》（中国台湾）

原载日期：一九八一年五月

评论文章：当胸一掌的手印——浅析余光中《海棠文身》

评 论 者：张树林

原 载 处：《新明日报》（吉隆坡）

原载日期：一九八二年六月五日

评论文章：海外游子的恋歌——读余光中《乡愁》与《乡愁四韵》

评 论 者：李元洛

原 载 处：《名作欣赏》

原载日期：一九八二年

评论文章：余光中的《白玉苦瓜》赏析

评 论 者：翁光宇

原 载 处：《青年诗坛》（中国台湾）

原载日期：一九八三年

评论文章：神思纵横吟苦瓜——余光中《白玉苦瓜》赏析

评 论 者：杨 然

原 载 处：《名作欣赏》（中国台湾）

原载日期：一九八五年

评论文章：钟整个大陆的爱在一只苦瓜——余光中《白玉苦瓜》等诗漫评

评 论 者：陈圣生

原 载 处：《台港文学选刊》

原载日期：一九八五年十月

评论文章：两类反讽——弦《上校》余光中《长城谣》

评 论 者：流沙河

原 载 处：《隔海说诗》（中国台湾）

原载日期：一九八五年

评论文章：奔流的生命谈余光中

评 论 者：萧　萧

原 载 处：《自由青年》（中国台湾）

原载日期：一九八七年一月

评论文章：不灭的中国情结——读《民歌》

评 论 者：李　浩

原 载 处：《当代台港文学名作赏析》（中国台湾）

原载日期：一九八九年

评论文章：从余光中的《乡愁》所想起的

评 论 者：曾　天

原 载 处：《暹逻日报》（曼谷）

原载日期：一九九二年七月三十日

评论文章：锦文回首一天星——《白玉苦瓜》的另一种读法

评 论 者：江弱水

原 载 处：《淡蓝为美》（中国台湾）

原载日期：二〇〇〇年六月

评论文章：余光中《白玉苦瓜》的修辞技巧

评 论 者：李翠瑛

原 载 处：《明道文艺》（中国台湾）

原载日期：二〇〇一年八月

评论文章：我如何教这一课——余光中的《白玉苦瓜》

评 论 者：程美钟

原 载 处：《国文天地》（中国台湾）

原载日期：二〇〇一年十一月

评论文章：生命的苦瓜，艺术的正果——导读余光中的《白玉苦瓜：故宫博物院所藏》

评 论 者：唐 捐

原 载 处：《幼狮文艺》（中国台湾）

原载日期：二〇〇四年九月

评论文章：《白玉苦瓜》赏析

评 论 者：吴静宜、胡君晖

原 载 处：《国语日报》（中国台湾）

原载日期：二〇〇七年十二月二十九日

注　释

成果而甘——九歌最新版序

1 戴洪轩，除音乐教学外，亦写作及作曲，代表作有《玩偶》（管弦乐）、《弦乐四重奏》《钢琴三重奏》《梦与舞》（长笛与钢琴）等。（书中注释如无特殊说明，皆为编者注。）

2 杨弦，被誉为“现代民歌之父”，代表作有《中国现代民歌集》和《西出阳关》等。

3 李泰祥，音乐创作横跨古典、实验与流行，曾荣获台湾金马奖最佳电影插曲奖，代表作有《橄榄树》《你是我所有的回忆》等。

4 纪弦，原名路逾，现代派诗人。

5 侯德健，音乐人，代表作有《龙的传人》等。

6　沈亚威，作曲家，代表作有《人民解放军占领南京》等。

7　郑文德，著名音乐人。

8　吕咏鸣，原名吕永根，评弹艺术家。

9　晁岱健，国家一级作曲家，国家一级艺术监督。

诗的胜利——一九七四年大地版初版序

1　即端午节。

破除现代诗没有读者的谣言——一九七四年大地版三版序

1　海盗版，是指未经授权在同一时间出版的一部作品的全部复制本。

2　指雾社起义，是1930年10月27日中国台湾高山族发起的一次反对日本殖民统治的武装起义。

杜甫有折旧率吗？——一九八三年大地版十版序

1 安迪·沃霍尔，美国近代艺术家，被誉为二十世纪艺术界最有名的人物之一，是波普艺术的倡导者和领袖，也是对波普艺术影响最大的艺术家。

江湖上

1 自注：本诗的叠句出于美国年轻一代最有才的诗人与民歌手鲍勃·迪伦的一首歌*Blowin' in the Wind*。原句是“The answer, my friend, is blowin' in the wind, the answer is blowin' in the wind.”“一片大陆”可指新大陆，也可指旧大陆：新大陆不可久留，旧大陆久不能归。

歌赠汤姆

1 詹姆斯·迪恩，美国男演员，被美国电影学院评为“百年来

25位最伟大的银幕传奇男星”之一（名列第18位）。

2 汤姆·琼斯，英国著名歌手，自1965年出道以来售出超过一亿张唱片。

调叶珊

1 杨牧，本名王靖献，笔名叶珊、杨牧，中国当代诗人、散文家。

山雨

1 米芾，北宋书法家、画家、书画理论家，别名米襄阳、米南宫、米颠，与蔡襄、苏轼、黄庭坚合称“宋四家”。

罗二娃子

1 自注：罗二娃子是四川话，“罗家老二”的意思。这首诗最好用四川话来朗诵。

守夜人

1　英尺旧也作呎，1英尺等于0.3048米。

雨后寄夏菁

1　夏菁，本名盛志澄，写作以诗歌为主，兼及散文。为蓝星诗社发起人之一。二十世纪六十年代，夏菁曾被称为“具有新古典主义倾向的诗人”。

降落

1　约23.3℃。

贝多芬——一八〇二年以后他便无闻于噪音

1　弗朗兹·贝瓦尔德，瑞典作曲家、小提琴家。

2　即沃尔夫冈·阿玛多伊斯·莫扎特，古典主义时期奥地利作曲家，维也纳古典乐派代表人物之一。

大寒流

1 米开朗基罗·安东尼奥尼，意大利导演、编剧、剪辑。

雾社

1 泰耶鲁族，台湾原住民。

诗之感性的两个要素——一九七四年大地版后记

1 塞缪尔·泰勒·柯勒律治，英国诗人、文评家，英国浪漫主义文学的奠基人之一。

2 马修·阿诺德，英国诗人、评论家。

3 斯温伯恩，英国维多利亚时代最后一位重要的诗人。

4 罗伯特·勃朗宁，英国诗人、剧作家。